紅樓夢第一百十一回

鴛鴦女殉主登太虛　狗彘奴欺天招夥盜

話說鳳姐聽了小丫頭的話又氣又急又傷心不覺吐了一口血便昏暈過去坐在地下平兒急來扶住忙叫了人來攙扶着慢慢的送到自巳房中將鳳姐輕輕的安放在炕上立刻叫小紅斟上一盃開水送到鳳姐唇邊鳳姐呷了一口昏迷仍睡秋桐過來畧瞧了一瞧便走開了平兒也不叫他只見豐兒在傍站着平兒便說快去回明二位太太于是豐兒將鳳姐吐血不能照應的話回了邢王二夫人邢夫人打諒鳳姐推病藏躱因這時女親都在內裡也不好說別的心裡却不全信只說叫他

歇著去罷衆人也並無言語自然這晚親友來往不絕幸得幾個內親照應家下人等見鳳姐不在也有偷閑歇力的亂亂吵吵巳鬧的七顛八倒不成事體了到二更多天遠客去後便預備辭靈孝幕內的女眷大家都哭了一陣只見鴛鴦巳哭的昏暈過去了大家扶住捶鬧了一陣纔醒過來便說老太太疼了一場要跟了去的話衆人都打諒人到悲哭俱有這些言語也不理會及至辭靈的時候上上下下也有百十餘人只不見鴛鴦衆人因為忙亂却也不曾撿點到琥珀等一干人哭奠之時纔要找鴛鴦又恐是他哭乏了暫在別處歇着也不言語辭靈巳後外頭賈政叫了賈璉問明送殯的事便商量着派人看家

紅樓夢第一百十一回

鴛鴦女殉主登太虛　狗彘奴欺天招夥盜

話說鳳姐聽了小丫頭的話又氣又急又傷心不覺吐了一口血便昏暈過去坐在地下平兒急來扶住忙叫了人來攙扶着慢慢的送到自己房中將鳳姐輕輕的安放在炕上立刻叫小紅斟上一盃開水送到鳳姐唇邊鳳姐呷了一口昏迷仍睡秋桐過來略瞧了一瞧便走開了平兒也不叫他只見豐兒在旁站着平兒便叫他快去回明二位太太于是豐兒將鳳姐吐血不能送殯的話回了邢王二夫人邢夫人打諒鳳姐推病藏躲因這時女親都在內裏也不好說別的心裏卻不全信只說叫他

歇着去罷眾人也並無言說只這晚人客來往不絕幸得幾個內親照應家下人等見鳳姐不在也有偷閒歇力的亂亂吵吵已鬧的七顛八倒不成事體了到了二更多天遠客去後便預備辭靈孝幕內的女眷大家都哭了一陣只見鴛鴦已哭的昏暈過去了大家扶住捶鬧了一陣纔醒過來便說老太太疼了一場要跟了去的話眾人都打諒人到悲哀俱有這些言語也不理會及至辭靈的時候上上下下也有百十餘人只不見鴛鴦眾人因忙亂却也不曾檢點到琥珀等一干人哭奔之時纔找鴛鴦又恐是他哭乏了在別處歇着也不言語辭靈之後外頭賈政叫了賈璉問明送殯的事便商量着派人看家

賈璉回說上人裡頭派了芸兒在家照應不必送殯下人裡頭派了林之孝的一家子照應拆棚等事但不知裡頭派誰看家賈政道聽見你母親說是你媳婦病了不能去就叫他在家的你珍大嫂子又說你媳婦病得利害還叫四丫頭陪着帶領了幾個丫頭婆子照看上屋裡纔好賈璉聽了心想珍大嫂子與四丫頭兩個不合所以攛掇着不叫他去若是上頭就是他照應也是不中用的我們那一個又病着也難照應想了一回回賈政道老爺且歇歇兒等進去商量定了再回賈政點了點頭賈璉便進去了誰知此時鴛鴦哭了一塲想到自已跟着老太太一輩子身子也沒有着落如今大老爺雖不在家大太太的

這樣行爲我也瞧不上老爺是不管事的人已後便亂世爲王起來了我們這些人不是要叫他們掇弄了麼誰收在屋子裡誰配小子我是受不得這樣折磨的倒不如死了干淨但是一時怎麽樣的個死法呢一面想一面走到老太太的套間屋內剛跨進門只見燈光慘淡隱隱有個女人拿着汗巾子好似要上吊的樣子鴛鴦也不驚怕心裡想道這一個是誰和我的心事一樣倒比我走在頭裡了便問道你是誰偺們兩個人是一樣的心要死一塊兒死那個人也不答言鴛鴦走到跟前一看並不是這屋子的丫頭仔細一看覺得冷氣侵人一時就不見了鴛鴦呆了一呆退出在炕沿上坐下細細一想道哦是了這

是東府裡的小蓉大奶奶啊他早死了的了怎麼到這裡來必是來叫我來了他怎麼又上吊呢想了一想道是了必是教給我死的法兒鴛鴦這麼一想邪侵入骨便站起來一面哭一面開了粧匣取出那年鉸的一綹頭髮揣在懷裡就在身上解下一条汗巾按着秦氏方纔比的地方拴上自己又哭了一回聽見外頭人客散去恐有人進來急忙關上屋門然後端了一個脚凳自己站上把汗巾拴上扣兒套在咽喉便把脚凳蹬開可憐咽喉氣絕香魂出竅正無投奔只見秦氏隱隱在前鴛鴦的魂魄疾忙赶上說道蓉大奶奶你等等我那個人道我並不是什麼蓉大奶奶乃警幻之妹可卿是也鴛鴦道你明明是蓉大

奶奶怎麼說不是呢那人道這也有個緣故待我告訴你你自然明白了我在警幻宮中原是個鍾情的首坐管的是風情月債降臨塵世自當為第一情人引這些痴情怨女早早歸入情司所以我該懸梁自盡的因我看破凡情超出情海歸入情天所以太虛幻境痴情一司竟自無人掌管今警幻仙子已經將你補入替我掌管此司所以命我来引你前去的鴛鴦的魂道我是個最無情的怎麼算我是個有情的人呢那人道你還不知道呢世人都把那淫慾之事當作情字所以作出傷風敗化的事來還自謂風月多情無關緊要不知情之一字喜怒哀樂未發之時便是個性喜怒哀樂已發便是情了至於你我這個

情可是未發之情就如那花的含苞一樣若待發洩出來這情就不爲真情了鴛鴦的魂聽了點頭會意便跟了秦氏可卿而去這裡琥珀辭了靈聽那王二夫人分派看家的人想着去問鴛鴦明日怎樣坐車便在賈母的那間屋裡找了一遍不見又找到套間裡頭剛到門口見門兒掩着從門縫裡望裡看時只見燈光半明半滅的影影綽綽心裡害怕又不聽見屋裡有什麼動靜便走回來說道這蹄子跑到那裡去了劈頭見了珍珠說你見鴛鴦姐姐來着沒有珍珠道我也找他太太們等他說話呢必在套間裡睡着了罷琥珀道我瞧了屋裡沒有那燈也沒人夾燭花兒漆黑怪怕的我沒進去如今偺們一塊兒進去

瞧看有沒有琥珀等進去正夾燭花珍珠說誰把脚凳撂在這裡幾乎絆我一跤說着往上一瞧唬的嗳喲一聲身子往後一仰咕咚的栽在琥珀身上琥珀也看見了便大嚷起來只是兩隻脚挪不動外頭的人也都聽見了跑進來一瞧大家嚷着報與邢王二夫人知道王夫人寶釵等聽了都哭著去瞧邢夫人道我不料鴛鴦倒有這樣志氣快叫人去告訴老爺只有寶玉聽見此信便唬的雙眼直豎襲人等慌忙扶着說道你要哭就哭別彆着氣寶玉死命的纔哭出來了心想鴛鴦這樣一個人偏又這樣死法又想實在天地間的靈氣獨鍾在這些女子身上了他算得了死所我們究竟是一件濁物還是老太太的兒

孫誰能赶得上他復又喜歡起來那時寶釵聽見寶玉大哭了出來了及到跟前見他又笑襲人等忙說不好了又要瘋了寶釵道不妨事他有他的意思寶玉聽了更喜歡寶釵的話到底他還知道我的心別人那裡知道正在胡思亂想賈政等進來着實的嗟嘆着說道好孩子不枉老太太疼他一場即命賈璉出去吩咐人連夜買棺盛殮明日便跟着老太太的殯送出也停在老太太棺後全了他的心志賈璉答應出去這裡命人將鴛鴦放下停放裡間屋內平兒也知道了過來同襲人鶯兒等一干人都哭的哀哀欲絕內中紫鵑也想起自已終身一無著落恨不跟了林姑娘去又全了主僕的恩義又得了死所如今空懸在寶玉屋內雖說寶玉仍是柔情密意究竟算不得什麼於是更哭得哀切王夫人即傳了鴛鴦的嫂子進來叫他看着入殮遂與邢夫人商量了在老太太項內賞了他嫂子一百兩銀子還說等閑了將鴛鴦所有的東西俱賞他們他嫂子磕了頭出去反喜歡說真真的我們姑娘是個有志氣的有造化的又得了好名聲又得了好發送傍邊一個婆子說道罷呀嫂子這會子你把一個活姑娘賣了一百銀子便這麼喜歡了那時候兒給了大老爺你還不知得多少銀錢呢你該更得意了一句話戳了他嫂子的心便紅了臉走開了剛走到二門上見林之孝帶了人擡進棺材來了他只得也跟進去帮着盛殮假意哭

嚎了幾聲賈政因他爲賈母而死要了香來上了三炷作了個揖說他是殉葬的人不可作了頭論你們小一輩的都該行個禮兒寶玉聽了喜不自勝走來恭恭敬敬磕了幾個頭賈璉想他素日的好處也要上來行禮被邢夫人說道有了一個爺們就是了別折受的他不得超生賈璉就不便過來了寶釵聽着這話好不自在便說道我原不該給他行禮但只老太太去世偺們都有未了之事不敢胡爲他肯替偺們盡孝偺們也該托托他好好的替偺們伏侍老太太西去也少盡一點子心哪說着扶了鶯兒走到靈前一面奠酒那眼淚早撲簌簌流下來了奠畢拜了幾拜狠狠的哭了他一塲衆人也有說寶玉的兩口子都是傻子也有說他兩個心腸兒好的也有說他知禮的賈政反倒合了意一面商量定了看家的仍是鳳姐惜春餘者都遣去伴靈一夜誰敢安眠一到五更聽見外面齊人到了辰初發引賈政居長衰麻哭泣極盡孝子之禮靈柩出了門便有各家的路祭一路上的風光不必細述走了半日來至鐵檻寺安靈所有孝男等俱應在廟伴宿不題且說家中林之孝帶領拆了棚將門窗上好打掃淨了院子派了巡更的人到晚打更上夜只是榮府規例一交二更三門掩上男人就進不去了裡頭只有女人們查夜鳳姐雖隔了一夜漸漸的神氣清爽了些只是那裡動得只有平兒同着惜春各處走了一走吩咐了上夜

的人也便各自歸房却說周瑞的乾兒子何三去年賈珍管事之時因他和鮑二打架被賈珍打了一頓攆在外頭終日在賭場過日近知賈母死了必有些事情領辦豈知探了幾天的信一些也沒有想頭便嗳聲嘆氣的回到賭場中悶悶的坐下那些人便說道老三你怎麼不下來撈本兒了嗎何三道倒想要撈一撈呢就只沒有錢麼那些人道你到你們周大太爺那裡去了幾日府裡的錢你也不知弄了多少來又來和我們裝窮兒了何三道你們還說呢他們的金銀不知有幾百萬只藏着不用叫兒留着不是火燒了就是賊偷了他們纔死心呢那些人道你又撒謊他家抄了家還有多少金銀何三道你們還不

知道呢抄的是撂不了的如今老太太死後還留了好些金銀他們一個也不使都在老太太屋裡擱着等送了殯回來纔分呢內中有一個人聽在心裡擲了幾骰便說我輸了幾個錢也不翻本兒了睡去了說着便走出來拉了何三道老三我和你說句話何三跟他出來那人道你這麼一個伶俐人這麼窮我替你不服這口氣何三道我命裡窮可有什麼法兒呢那人道你纔說榮府的銀子這麼多為什麼不去拿些使喚使喚何三道我的哥哥他家的金銀雖多你我去白要一二錢他們給偺們嗎那人笑道他不給偺們偺們就不會拿嗎何三聽了這話裡有話忙問道依你說怎麼樣拿呢那人道我說你沒有本事若

是我早拿了來了何三道你有什麼本事那人便輕輕的說道你若發財你就引個頭兒我有好些朋友都是通天的本事別說他們送殯去了家裡只剩下幾個女人就讓有多少男人也不怕只怕你沒這麼大膽子罷咧何三道什麼敢不敢你打諒我怕那個乾老子嗎我是瞧着乾媽的情兒上頭纔認他做乾老子罷咧他又筭了人了你剛纔的話就只怕弄不來倒招了饑荒他們那個衙門不熟別說拿不來倘或拿了來也要鬧出來的那人道這麼說你的運氣來了我的朋友還有海邊上的呢現今都在這裡看個風頭等個門路若到了手你我在這裡也無益不如大家下海去受用不好麼你若撂不下你乾媽偺們索性把你乾媽也帶了去大家夥兒樂一樂好不好何三道

老大你別是醉了罷這些話混說的是什麼說着拉了那人走到個僻靜地方兩個人商量了一回各人分頭而去暫且不題

且說包勇自被賈政吆喝派去看園賈母的事出來也忙了不肯派他差使他也不理會總是自做自吃悶來睡一覺醒時便在園裡耍刀弄棍倒也無拘無束那日賈母一早出殯他雖知道因沒有派他差使他任意閒遊只見一個女尼帶了一個道婆來到園內腰門那裡扣門包勇走來說道女師父那裡去道婆道今日聽得老太太的事完了不見四姑娘送殯想必是在家看家恐他寂寞我們師父來瞧他一瞧包勇道主子都不在

家園門是我看的請你們回去罷要來呢等主子們回來了再來婆子道你是那裡來的個黑炭頭也要管起我們的走動來了包勇道我嫌你們這些人我不叫你們來你們有什麼法兒婆子生了氣嚷道這都是反了天的事了連老太太在日還不能攔我們的來往走動呢你是那裡的這麼個橫強盜這樣沒法沒天的我偏要打這裡走說着便把手在門環上狠狠的打了幾下妙玉已氣的不言語正要回身便走不料裡頭看二門的婆子聽見有人拌嘴連忙開門一看見是妙玉已經回身走去明知必是包勇得罪了走了近日婆子們都知道上頭太太們四姑娘都和他親近恐他日後說出門上不放進他來那時

如何就得住趕忙走來說不知師父來我們開門遲了我們四姑娘在家裡還正想師父呢快請回來看園的小子是個新來的他不知偺們的事回來回了太太打他一頓攆出去就完了妙玉雖是聽見總不理他那禁得看腰門的婆子趕上再四央求後來纔說出怕自己擔不是幾乎急的跪下妙玉無奈只得隨着那婆子過來包勇見這般光景自然不好再攔氣得瞪眼嘆氣而回這裡妙玉帶了道婆走到惜春那裡道了惱敘些閒話惜春說起在家看家只好熬個幾夜但是二奶奶病着一個人又悶又害怕能有一個人在這裡我就放心如今裡頭一個男人也沒有今兒你既光降肯伴我一宵偺們下棋說話兒可

使得麼妙玉本來不肯見惜春可憐又提起下棋一時高興應了打發道婆回去取了他的茶具衣褥命侍兒送了過来大家坐談一夜惜春欣幸異常便命彩屏去開上年蠲的雨水預備好茶那妙玉自有茶具道婆去了不多一時又來了一個侍者送下妙玉日用之物惜春親自烹茶兩人言語投機說了半天那時天有初更時候彩屏放下棋枰兩人對奕惜春連輸兩盤妙玉又讓了四個子兒惜春方贏了半子不覺已到四更正是天空地濶萬籟無聲妙玉道我到五更須得打坐我自有人伏侍你自去歇息惜春猶是不捨見妙玉要自已養神不便扭他剛要歇去猛聽得東邉上屋內上夜的人一片聲喊起惜春那

裡的老婆子們也接著聲嚷道了不得了有了人了唬得惜春彩屏等心膽俱裂聽見外頭上夜的男人便聲喊起來妙玉道不好了必是這裡有了賊了說着赶忙的關上屋門便掩了燈光在窗戶眼內往外一瞧只見幾個男人站在院內唬得不敢作聲回身擺著手輕輕的爬下來說了不得外頭有幾個大漢站着說猶未了又聽得房上响聲不絕便有外頭上夜的人進來吆喝拿賊一個人說道上屋裡的東西都丢了并不見人東邊有人去了偺們到西邊去惜春的老婆子聽見有自已的人便在外間屋裡說道這裡有好些人上了房了上夜的都道你瞧這可不是嗎大家一齊嚷起來只聽房上飛下好些瓦來衆

人都不敢上前正在沒法只聽園裡腰門一聲大响打進門來見一個梢長大漢手執木棍眾人唬得藏躲不及聽得那人喊說道不要跑了他們一個你們都跟我來這些家人聽了這話越發唬得骨軟筋酥連跑也跑不動了只見這人站在當地只管亂喊家人中有一個眼尖些的看出来了你道是誰正是甄家荐来的包勇這些家人不覺胆壯起來便顫巍巍的說道有一個走了有的在房上呢包勇便向地下一㩳聳身上房追趕那賊這些賊人明知賈家無人先在院內偷看惜春房內見有個絕色尼姑便頓起淫心又欺上屋俱是女人且又畏懼正要踹進門去因聽外面有人進来追赶所以賊眾上房見人不多

還想抵擋猛見一人上房赶來那些賊見是一人越發不理論了便用短兵抵住那經得包勇用力一棍打去將賊打下房來那些賊飛奔而逃從園墻過去包勇也在房上追捕豈知園內早藏下了幾個在那裡接贓已經接過好些見賊夥跑回大家舉械保護見追的只有一人明欺寡不敵眾反倒迎上來包勇一見生氣道這些毛賊敢來和我閙閙那夥賊便說我們有一個夥計被他們打倒了不知死活偺們索性搶了他出来這裡包勇聞聲即打那夥賊便輪起器械四五個人圍住包勇亂打起來外頭上夜的人也都仗著膽子只顧赶了來眾賊見鬧他不過只得跑了包勇還要赶時被一個箱子一絆立定看時心

想東西未丟衆賊遠逃也不追趕便叫衆人將燈照着地下只有幾個空箱叫人收拾他便欲跑回上房因路徑不熟走到鳳姐那邊見裡面燈燭輝煌便問這裡有賊沒有裡頭的平兒戰兢兢的說道這裡也沒開門只聽上屋叫喊說有賊呢你到那裡去罷包勇正摸不着路頭進見上夜的人過來纔跟着一齊尋到上屋見是門開戶啟那些上夜的在那裡啼哭一時賈芸林之孝都進來了見是失盜大家着急進內查點老太太的房門大開將燈一照鎖頭擰折進內一瞧箱櫃已開便罵那些上夜女人道你們都是死人麼賊人進來你們都不知道麼那些上夜的人啼哭着說道我們幾個人輪更上夜是管二三更的我們都沒有住脚前後走的他們是四更五更我們纔下班兒只聽見他們喊起來並不見一個人趕着照看不知什麼時候把東西早已丟了求爺們問管四更五更的林之孝道你們個個要死回來再說偺們先到各處看去上夜的男人領著走到尤氏那邊門兒關緊有幾個接音說唬死我們了林之孝問道這裡沒有丟東西呀裡頭的人方開了門道這裡沒丟東西林之孝帶着人走到惜春院內只聽得裡面說道了不得唬死了姑娘了醒醒兒罷林之孝便叫人開門問是怎麼了裡頭婆子開門說賊在這裡打仗把姑娘都唬壞了虧得妙師父和彩屏纔將姑娘救醒東西是沒失林之孝道賊人怎麼打仗上夜的

男人說幸虧包大爺上了房把賊打跑了去了還聽見打倒了一個人呢包勇道在園門那裡呢你們快瞧去罷賈芸等走到那邊果然看見一個人躺在地下死了細細的一瞧好像是周瑞的乾兒子衆人見了詫異派了一個人看守着又派了兩個人照看前後門走到門前看時那門俱仍舊關鎖着林之孝便叫人開了門報了營官立刻到來查勘賊踪是從後夾道子上了房的到了西院房上見那瓦片破碎不堪一直過了後園去了衆上夜的人齊聲說道這不是賊是強盜營官著急道並非明火執杖怎麽便算是強盜呢上夜的道我們赶賊他在房上撇瓦我們不能到他跟前幸虧我們家的姓包的上房打退

到園裡還有好幾個賊竟和姓包的打起仗來打不過姓包的纔都跑了營官道可又來若是強盜難道倒打不過你們的人麽不用說了你們快查清了東西遞了失單我們報就是了賈芸等又到了上屋裡已見鳳姐扶病過來惜春也來了賈芸請了鳳姐的安問了惜春的好大家查看失物因鴛鴦已死琥珀等又送靈去了那些東西都是老太太的並沒見過數兒只用封鎖如今打從那裡查起衆人都說箱櫃東西不少如今一空偷的時候兒自然不小了那些上夜的人管做什麽的況且打死的賊是周瑞的乾兒子必是他們通同一氣的鳳姐聽了氣的眼睛直瞪瞪的便說把那些上夜的女人都拴起來交給營

裡去衙門衆人叫苦連天跪地哀求不知怎生發放並失去的物件有無着落下回分解

紅樓夢第一百十一回終

紅樓夢第一百十二回

活冤孽妙姑遭大刼　死讐仇趙妾赴冥曹

話說鳳姐命捆起上夜的女人送營審問衆女人跪地哀求林之孝同賈芸道你們求也無益老爺派我們看家沒事是造化如今有了事上下都躭不是誰救得你若說是周瑞的乾兒子連太太起裡裡外外的都不干淨鳳姐喘吁吁的說道這都是命裡所招和他們說什麼帶了他們去就是了那丟的東西你告訴營裡去說寔在是老太太的東西問老爺們纔知道等我們報了去請了老爺們回來自然開了失单送来文官衙門裡我們也是這樣報賈芸林之孝答應出去惜春一句話也沒有

只是哭道這些事我從來沒有聽見過爲什麼偏偏碰在偺們兩個人身上明兒老爺太太回來叫我怎麽見人說把家裡交給你們如今鬧到這個分兒還想活着麽鳳姐道偺們願意嗎現在有上夜的人在那裡惜春道你還能說况且你又病着我是沒有說的這都是我大嫂子害了我他攛掇着太太派我看家的如今我的臉擱在那裡呢說着又痛哭起來鳳姐道姑娘你快别這麽想若說沒臉大家一樣的你若是這個糊塗想頭我更擱不住了二人正說著只聽見外頭院子裡有人大嚷的說道我說那三姑六婆是再要不得的我們甄府裡從來是一槩不許上門的不想這府裡倒不講究這個昨兒老太太的

殞纔出去那個什麼庵裡的尼姑死要到偺們這裡來我吆喝著不准他進來腰門上的老婆子們倒駡我死央及着叫那姑子進來那腰門子一會兒開着一會兒關着不知做什麼我不放心沒敢睡聽到四更這裡就嚷起來我來叫門倒不開了我聽見聲兒緊了打開了門見西邊院子裡有人站着我便趕上打死了我今兒纔知道這是四姑奶奶的屋子那個姑子就在裡頭今兒天沒亮溜出去了可不是那姑子引進來的賊麼平兒等聽着都說這是誰這麼沒規矩姑娘奶奶都在這裡敢在外頭這麼混嚷鳳姐道你聽他說甄府裡別就是甄家薦來的那個厭物罷惜春聽得明白更加心裡受不的鳳姐接著問惜春道那個人混說什麼姑子你們那裡弄了個姑子住下了惜春便將妙玉來瞧他留着下棋守夜的話說了鳳姐道是他麼他怎麼肯這樣是再沒的話但是叫這討人嫌的東西嚷出來老爺知道了也不好惜春愈想愈怕站起來要走鳳姐雖說坐不住又怕惜春害怕弄出事來只得叫他先別走且看着人把偷剩下的東西收起來再派了人看着偺們好走平兒道偺們不敢收等衙門裡來了踏看了纔好收呢偺們只好看着但只不知老爺那裡有人去了沒有鳳姐道你叫老婆子問去一回進來說林之孝是走不開家下人要伺候查驗的再有的是說不清楚的已經去了二爺去了鳳姐點頭同惜春坐着發愁且

說那夥賊原是何三等邀的偷搶了好些金銀財寶接運出去見人追趕知道都是那些不中用的人要往西邊屋內偷去在窻外看見裡面燈光底下兩個美人一個姑娘一個姑子那些賊那顧性命頓起不良就要踹進來因見包勇來趕纔獲贓而逃只不見了何三大家且躲入窩家到第二天打聽動靜知是何三被他們打死已經報了文武衙門這裡是躲不住的便商量趂早歸入海洋大盜一處去若遲了通緝文書一行關津上就過不去了內中一個人胆子極大便說偺們走是走我就只捨不得那個姑子長的寔在好看不知是那個庵裡的雛兒呢一個人道啊呀我想起來了必就是賈府園裡的什麼櫳翠菴裡的姑子不是前年外頭說他和他們家什麼寶二爺有原故後來不知怎麼又害起相思病來了請大夫吃藥的就是他那一個人聽了說偺們今日躲一天叫偺們大哥拿錢置辦些買賣行頭明兒亮鐘時候陸續出關你們在關外二十里坡等我衆賊議定分贓俵散不題且說賈政等送殯到了寺內安厝畢親友散去賈政在外廂房伴靈邢王二夫人等在內一宿無非哭泣到了第二日重新上祭正擺飯時只見賈芸進來在老太太靈前磕了個頭忙忙的跑到賈政跟前跪下請了安喘吁吁的將昨夜被盜將老太太上房的東西都偷去包勇趕賊打死了一個已經呈報文武衙門的話說了一遍賈政聽了發怔那

王二夫人等在裡頭也聽見了都唬得魂不附體並無一言只有啼哭賈政過了一會子問失单怎樣開的賈芸回道家裡的人都不知道還没有開單賈政道還好咱們動過家的若開出好的來反就罪名快叫璉兒那時賈璉領了寶玉別處上祭未回賈政叫人赶了回來賈璉聽了急得直跳一見芸兒也不顧賈政在那裡便把賈芸狠狠的罵了一頓說不配抬舉的東西我將這樣重任托你押着人上夜廵更你是死人麽虧你還有臉來告訴說着往賈芸臉上啐了幾口賈芸垂手站着不敢回一言賈政道你駡他也無益了賈璉然後跪下說這便怎麽樣賈政道也没法兒只有報官緝賊但只是一件老太太遺下的

東西咱們都没動你說要銀子我想老太太死得几天誰忍得動他那一項銀子原打諒完了事算了賬還人家再有的在道裡和南邊置墳產的所有東西也没見數兒如今說文武衙門要失單若將几件好的東西開上恐有礙若說金銀若干衣飾若干又没有寔在數目謊開使不得倒可笑你如今竟换了一個人了為什麽這樣料理不開你跪在這裡是怎麽樣呢賈璉也不敢答言只得站起來就走賈政又叫道你那裡去賈璉又回來道侄兒赶回家去料理清楚賈政哼了一聲賈璉把頭低下賈政道你進去回了你母親叫了老太太的一兩個丫頭去叫他們細細的想了開单子賈璉心裡明知老太太的東西都

是鴛鴦經管他死了問誰就問珍珠他們那裡記得清楚只不敢駁回連連的答應了回身走到裡頭那王夫人又埋怨了一頓叫賈璉快回去問他們這些看家的說明兒怎麼見我們賈璉也只得答應了出來一面命人套車預備琥珀等進城自己騎上騾子跟了幾個小廝如飛的回去賈芸也不敢再回賈政斜簽著身子慢慢的溜出來騎上了馬來趕賈璉一路無話到了家中林之孝請了安一直跟了進來賈璉到了老太太上屋裡見了鳳姐惜春在那裡心裡又恨又說不出來便問林之孝道衙門裡瞧了沒有林之孝自知有罪便跪下回道文武衙門都瞧了來蹤去跡也看了屍也驗了賈璉吃驚道又驗什麼屍林之孝又將包勇打死的夥賊似周瑞的乾兒子的話回了賈璉賈璉道叫芸兒賈芸進來也跪著聽話賈璉道你見老爺時怎麼沒有回周瑞的乾兒子做賊被包勇打死的話賈芸說道上夜的人說像他的恐怕不真所以沒有回賈璉道好糊塗東西你若告訴了我就帶了周瑞來一認可不就知道了林之孝回道如今衙門裡把屍首放在市口兒招認去了賈璉道這又是個糊塗東西誰家的人做了賊被人打死要償命麼林之孝回道不用人家認奴才就認得是他賈璉聽了想道是啊我記得珍大爺那一年要打的可不是周瑞家的麼林之孝回說他和鮑二打架來著爺還見過的呢賈璉聽了更生氣便要打

上夜的人林之孝哀告道請二爺息怒那些上夜的人派了他們敢偷懶嗎只是爺府上的規矩三門裏一個男人不敢進去的就是奴才們裏頭不叫也不敢進去奴才在外同芸哥兒刻刻查點見三門關的嚴嚴的外頭的門一層沒有開那賊是從後夾道子來的賈璉道裏頭上夜的女人呢林之孝將上夜的人說奉奶奶的命捆着等爺審問的話回了賈璉問包勇呢林之孝說又往園裏去了賈璉便說去叫他小廝們便將包勇帶來說還虧你在這裏若沒有你只怕所有房屋裏的東西都搶了去了呢包勇也不言語惜春恐他說出那話心下着急鳳姐也不敢言語只見外頭說琥珀姐姐們回來了大家見了不免

又哭一場賈璉叫人檢點偷剩下的東西只有些衣服尺頭錢箱未動餘者都沒有了賈璉心裏更加着急想着外頭的棚杠銀廚房的錢都沒有付給明兒拿什麼還呢便呆想了一會只見琥珀等進去哭了一番見箱櫃開着所有的東西怎能記憶便胡亂猜想虛擬了一張失單命人即送到文武衙門賈璉復又派人上夜鳳姐惜春各自回房賈璉不敢在家安歇也不及埋怨鳳姐竟自騎馬趕出城外去了這裏鳳姐又恐惜春短見打發豐兒過去安慰天已二更不言這裏賊去關門衆人更加小心不敢睡覺且說夥賊一心想着妙玉知是孤菴女衆不難欺負到了三更夜靜便拿了短兵器帶些悶香跳上高墻遠遠

瞧見櫳翠菴內燈光猶亮便潛身溜下藏在房頭僻處等到四更見裡頭只有一盞海燈妙玉一人在蒲團上打坐歇了一會便噯聲嘆氣的說道我自元墓到京原想傳個名的為這裡請來不能又棲他處昨兒好心去瞧四姑娘反受了這蠢人的氣夜裡又受了大驚今日回來那蒲團再坐不穩只覺肉跳心驚因素常一個打坐的今日又不肯叫人相伴豈知到了五更寒顫起來正要叫人只聽見窗外一响想起昨晚的事更加害怕不免叫人豈知那些婆子都不答應自己坐着覺得一股香氣透入顖門便手足麻木不能動彈口裡也說不出話來心中更自着急只見一個人拿著明晃晃的刀進來此時妙玉心中卻

是明白只不能動想是要殺自己索性橫了心倒不怕他那知那個人把刀插在背後騰出手來將妙玉輕輕的抱起輕薄了一會子便拖起背在身上此時妙玉心中只是如醉如痴可憐一個極潔極淨的女兒被這強盜的悶香熏住由着他擺弄了去了却說這賊背了妙玉來到園後墻邊搭了軟梯爬上墻跳出去了外邊早有夥賊弄了車輛在園外等著那人將妙玉放倒在車上反打起官銜燈籠叫開柵欄急急行到城門正是開門之時門官只知是有公幹出城的也不及查詰赶出城去那夥賊加鞭赶到二十里坡和衆強徒打了照面各自分頭奔南海而去不知妙玉被劫或是甘受污辱還是不屈而死不知下

落也難妥擬只言櫳翠菴一個跟妙玉的女尼他本住在靜室後面睡到五更聽見前面有人聲响只道妙玉打坐不安後來聽見有男人脚步門牕响動欲要起來瞧看只是身子發軟懶怠開口又不聽見妙玉言語只睁着兩眼聽着到了天亮纔覺得心裡清楚披衣起來叫了道婆預備妙玉茶水他便往前面來看妙玉豈知妙玉的踪跡全無門窻大開心裡詫異昨晚响動甚是疑心說這樣早他到那裡去了走出院門一看有一個軟梯靠墻立着地下還有一把刀鞘一條搭膊便道不好了昨晚是賊燒了悶香了急叫人起來查看菴門仍是緊閉那些婆子侍女們都說昨夜煤氣熏着了今早都起不來這麽早叫我們做什麽那女尼道師父不知那裡去了衆人道在觀音堂打坐呢女尼道你們還做夢呢你來瞧瞧衆人不知也都着忙開了菴門滿園裡都找到了想來或是到四姑娘那裡去了衆人來叩腰門又被包勇罵了一頓衆人說道我們妙師父昨晚不知去向所以來找求你老人家叫開腰門問一問來了没来就是了包勇道你們師父引了賊來偷我們已經偷到手了他跟了賊去受用去了衆人道阿彌陀佛說這些話的防着下割舌地獄包勇生氣道胡說你們再鬧我就要打了衆人陪笑央告道求爺叫開門我們瞧瞧若没有再不敢驚動你太爺了包勇道你不信你去找若没有回來問你們包勇說着叫開腰門

家人且我到惜春那裡惜春正是愁悶惦着妙玉清早去後不知聽見我們姓包的話了沒有只怕又得罪了他以後總不肯來我的知己是沒有了況我現在寔難見人父母早死嫂子嫌我頭裡有老太太到底還疼我些如今也死了留下我孤苦伶仃如何了局想到迎春姐姐折磨死了史姐姐守著病人三姐姐遠去這都是命裡所招不能自由獨有妙玉如閒雲野鶴無拘無束我若能學他就造化不小了但我是世家之女怎能遂意這回看家大耽不是還有何顏又恐太太們不知我的心事將來的後事更未曉如何想到其間便要把自已的青絲鉸去要想出家彩屏等聽見急忙來勸豈知已將一半頭髮鉸去了彩屏愈加著忙說道一事不了又出一事這可怎麼好呢正在吵鬧只見妙玉的道婆來找妙玉彩屏問起來由先唬了一跳說是昨日一早去了沒來裡面惜春聽見急忙問道那裡去了道婆將昨夜聽見的响動被煤氣薰着今早不見妙玉菴內有軟梯刀鞘的話說了一遍惜春驚疑不定想起昨日包勇的話來必是那些強盜看見了他昨晚搶去了也未可知但是他素來孤潔的很豈肯惜命便問道怎麼你們都沒聽見麼婆子道怎麼沒聽見只是我們都是睜著眼連一句話也說不出來必是那賊燒了悶香妙姑一人想也被賊悶住不能言語況且賊人必多拿刀執杖威逼著他還敢聲喊麼正說着包勇又在腰

門那裡嚷說裡頭快把這些混賬道婆子趕出來罷快關上腰門彩屏聽見恐就不是只得催婆子出去叫人關了腰門惜春於是更加苦楚無奈彩屏等再三以禮相勸仍舊將一半青絲籠起大家商議不必聲張就是妙玉被搶也當作不知且等老爺太太回來再說惜春心裡從此死定一個出家的念頭暫且不提且說賈璉回到鐵檻寺將到家中查點了上夜的人開了失单報去的話回了賈政賈政道怎樣開的賈璉便將琥珀記得的數目單子呈出並說上頭元妃賜的東西已經註明還有那人家不大有的東西不便開上等侄兒脫了孝出去托人細細的緝訪少不得弄出來的賈政聽了合意就點頭不言賈璉

進內見了邢王二夫人商量着勸老爺早些回家纔好呢不然都是亂麻是的邢夫人道可不是我們在這裡也是驚心吊胆賈璉道這是我們不敢說的還是太太的主意二老爺是依的邢夫人便與王夫人商議妥了過了一夜賈政也不放心打發寶玉進來說請太太們今日回家過兩三日再来家人們已經派定了裡頭請太太們派人罷邢夫人派了鸚哥等一干人伴靈將周瑞家的等人派了總管其餘上下人等都回去一時忙亂套車備馬賈政等在賈母靈前辭別眾人又哭了一塲都起來正要走時只見趙姨娘還爬在地下不起周姨娘打諒他還哭便去拉他豈知趙姨娘滿嘴白沫眼睛直豎把舌頭吐出反

把家人唬了一跳賈環過來亂嚷趙姨娘醒來說道我是不囬
去的跟著老太太回南去衆人道老太太那用你跟呢趙姨娘
道我跟了老太太一輩子大老爺還不依弄神弄鬼的筭計我
我想仗着馬道婆出出我的氣銀子白花了好些也沒有弄死
一個如今我回去了又不知誰來筭計我衆人先只說鴛鴦附
着他後頭聽說馬道婆的事又不像了邢王二夫人都不言語
只有彩雲等代他央告道鴛鴦姐姐你死是自巳願意與趙姨
娘什麽相干放了他罷見邢夫人在這裡也不敢說别的趙姨
娘道我不是鴛鴦我是閻王老爺差人拿我去的要問我爲什
麽和馬道婆用魘魔法的案件說着口裡又叫好璉二奶奶你

在這裡老爺面前少頂一句兒罷我有一千日的不好還有一
天的好呢好二奶奶親二奶奶並不是我要害你我一時糊塗
聽了那個老娼婦的話正鬧着賈政打發人進來叫環兒婆子
們去回說趙姨娘中了邪了三爺看着呢賈政道沒有的事我
們先走了於是爺們等先回這裡趙姨娘還是混說一時救不
過來邢夫人恐他又說出什麽來便說多派幾個人在這裡瞧
著他偺們先走到了城裡打發大夫出来瞧罷王夫人本嫌他
也打撒手兒寶釵本是仁厚的人雖想著他害寶玉的事心裡
究竟過不去背地裡扎了周姨娘在這裡照應周姨娘也是個
好人便應承了李紈說道我也在這裡罷王夫人道可以不必

於是大家都要起身賈環着急說我也在這裡嗎王夫人啐道糊塗東西你姨媽的死活都不知你還要走嗎賈環就不敢言語了寶玉道好兄弟你是走不得的我進了城打發人來瞧你說畢都上車回家寺裡只有趙姨娘賈環鴛哥等人賈政邢夫人等先後到家到了上房哭了一場林之孝帶了家下衆人請了安跪着賈政喝道去罷明日問你鳳姐那日發暈了几次竟不能出接只有惜春見了覺得滿面羞慚邢夫人也不理他王夫人仍是照常李紈寶釵拉着手說了幾句話獨有尤氏說道姑娘你操心了倒照應了好几天惜春一言不答只紫漲了臉寶釵將尤氏一拉使了個眼色尤氏等各自歸房去了賈政畧畧的看了一看嘆了口氣並不言語到書房席地坐下叫了賈璉賈蓉賈芸吩咐了几句話寶玉要在書房來陪賈政賈政道不必蘭兒仍跟他母親一宿無話次日林之孝一早進書房跪著賈政將前後被盜的事問了一遍並將周瑞供了出來又說衙門拿住了鮑二身邊搜出了失单上的東西現在夾訊要在他身上要這一夥賊呢賈政聽了大怒道家奴負恩引賊偷竊家主真是反了立刻叫人到城外將周瑞捆了送到衙門審問林之孝只管跪着不敢起來賈政道你還跪著做什麽林之孝道奴才該死求老爺開恩正說著賴大等一千辦事家人上來請了安呈上喪事賬簿賈政道交給璉二爺算明了來回吆喝

着林之孝起來出去了賈璉一腿跪着在賈政身邊說了一句話賈政把眼一瞪道胡說老太太的事銀兩被賊偷去難道就該罰奴才拿出來麼賈璉紅了臉不敢言語站起來也不敢動賈政道你媳婦怎麼樣了賈璉又跪下說看來是不中用了賈政嘆口氣道我不料家運衰敗一至如此況且環哥兒他媽尚在廟中病着也不知是什麼症候你們知道不知道賈璉也不敢言語賈政道傳出話去叫人帶了大夫瞧瞧去賈璉即忙答應着出來叫人帶了大夫到鐵檻寺去瞧趙姨娘未知死活下回分解

紅樓夢第一百十二回終

紅樓夢第一百十三回

懺宿寃鳳姐託村嫗　釋舊憾情婢感痴郎

話說趙姨娘在寺內得了暴病見人少了更加混說起來唬的衆人發怔就有兩個女人攙着趙姨娘雙膝跪在地下說一回哭一回有時爬在地下叫饒說打殺我了紅鬍子的老爺我再不敢了有一時雙手合着也是叫疼眼睛突出嘴裏鮮血直流頭髮披散人人害怕不敢近前那時又將天晚趙姨娘的聲音只管陰啞起來居然鬼嚎的一般無人敢在他跟前只得叫了幾個有膽量的男人進來坐着趙姨娘一時死去隔了些時又回過來整整的鬧了一夜到了第二天也不言語只裝鬼臉自

已拿手撕開衣服露出胸膛好像有人剝他的樣子可憐趙姨娘雖說不出來其痛苦之狀實在難堪正在危急大夫來了也不敢胗脈只囑咐辦後事罷說了起身就走那送大夫的家人再三央告說請老爺看看脈小的好回稟家主那大夫用手一摸已無脈息賈環聽了這纔大哭起來衆人只顧賈環誰管趙姨娘蓬頭赤脚死在炕上只有周姨娘心裏想到做偏房的下場頭不過如此況他還有兒子我將來死的時候還不知怎樣呢於是反倒悲切且說那人趕回家去稟知賈政即派人去照例料理陪着環兒住了三天一同回來那人去了這裏一人傳十十人傳百都知道趙姨娘使了毒心害人被陰司裏拷打死了

又說是璉二奶奶只怕也好不了怎麽說璉二奶奶告的呢這些話傳到平兒耳內甚是着急看着鳳姐的樣子寔在是不能好的了况且賈璉近日並不似先前的恩愛本來事也多竟像不與他相干的平兒在鳳姐跟前只管勸慰又兼着邢王二夫人回家幾日只打發人來問問並不親身來看鳳姐心裡更加悲苦賈璉回來也沒有一句貼心的話鳳姐此時只求速死心裡一想邪魔悉至只見尤二姐從房後走來漸近牀前說姐姐許久的不見了做妹妹的想念的狠要見不能如今好容易進來見見姐姐姐姐的心機也用盡了偺們的二爺糊塗也不領姐姐的情反倒怨姐姐作事過於刻薄把他的前程去了叫他

如今見不得人我替姐姐氣不平鳳姐恍惚說道我如今也後悔我的心忒窄了妹妹不念舊惡還來瞧我平兒在傍聽見說道奶奶說什麽鳳姐一時蘇醒想起尤二姐已死必是他來索命被平兒叫醒心裡害怕又不肯說出只得勉强說道我神魂不定想是說夢話給我搥搥平兒上去搥着見個小丫頭子進來說是劉老老來了婆子們帶着來請奶奶的安平兒急忙下來說在那裡呢小丫頭子說他不敢就進來還聽奶奶的示下平兒聽了點頭想鳳姐病裡必是懶待見人便說道奶奶現在養神呢暫且叫他等着你問他來有什麽事麽小丫頭子說道他們問過了沒有事說知道老太太去世了因沒有報纔來遲

了小丫頭子說着鳳姐聽見便叫平兒你來人家好心來瞧不可冷淡了他你去請了劉老老進來我和他說說話兒平兒只得出來請劉老老這裡坐鳳姐剛要合眼又見一個男人一個女人走向炕前就像要上炕的鳳姐急忙便叫平兒說那裡來了一個男人跑到這裡來了連叫了兩聲只見豐兒小紅趕來說奶奶要什麼鳳姐睜眼一瞧不見有人心裡明白不肯說出來便問豐兒道平兒這東西那裡去了豐兒道不是奶奶叫去請劉老老去了麼鳳姐定了一會神也不言語只見平兒同劉老老帶了一個小女孩兒進來說我們姑奶奶在那裡平兒引到炕邊劉老老便說請姑奶奶安鳳姐睜眼一看不覺一陣傷心說老老你好怎麼這時候纔來你瞧你外孫女兒也長的這

麼大了劉老老看着鳳姐骨瘦如柴神情恍惚心裡也就悲慘起來說我的奶奶怎麼這幾個月不見就病到這個分兒我糊塗的要死怎麼不早來請姑奶奶的安便叫青兒給姑奶奶請安青兒只是笑鳳姐看了倒也十分憐愛便叫小紅招呼着劉老老道我們屯鄉裡的人不會病的若一病了就要求神許願從不知道吃藥我想姑奶奶的病別是撞着什麼了罷平兒聽着那話不在理忙在背地裡拉他劉老老會意便不言語了那裡知道這句話倒合了鳳姐的意扎掙着說老老你是有年紀的人說的不錯你見過的趙姨娘也死了你知道麼劉老老咤

興道阿彌陀佛好端端一個人怎麼就死了我記得他也有一個小哥兒這可怎麼樣呢平兒道那怕什麼他還有老爺太太呢劉老老道姑娘你那裡知道不好死了是親生的隔了肚皮子是不中用的這句話又招起鳳姐的愁腸嗚嗚咽咽的哭起來了眾人都來解勸巧姐兒聽見他母親悲哭便走到炕前用手拉着鳳姐的手也哭起來鳳姐一面哭着道你見過了老老了沒有巧姐兒道沒有鳳姐道你的名字還是他起的呢就和乾媽一樣你給他請個安巧姐兒便走到跟前劉老老忙拉着道阿彌陀佛不要折殺我了巧姑娘我一年多不來你還認得我麼巧姐兒道怎麼不認得那年在園裡見的時候我還小呢前年你來我和你要隔年的蟈蟈兒你也沒有給我必是忘了劉老老道好姑娘我是老糊塗了要說蟈蟈兒我們屯裡多着呢只是不到我們那裡去若去了要一車也容易鳳姐道不然你帶了他去罷劉老老笑道姑娘這樣千金貴體綾羅裹大了的吃的是好東西到了我們那裡我拿什麼哄他頑拿什麼給他吃呢這倒不是坑殺我了麼說着自己還笑因說那麼著我給姑娘做個媒罷我們那裡雖說是屯鄉裡也有大財主人家幾千頃地幾百牲口銀子錢亦不少只是不像這裡有金的有玉的姑奶奶自然瞧不起這樣人家我們庄家人瞧着這樣財主也算是天上的人了鳳姐道你說去我願意就給劉老老道

這是頑話兒罷咧放著姑奶奶這樣大官大府的人家只怕還不肯給那裡肯給庄家人就是姑奶奶肯了上頭太太們也不給巧姐因他這話不好聽便走了去和青兒說話兩個女孩兒倒說得上漸漸的就熟起來了這裡平兒恐劉老老話多攪煩了鳳姐便拉了劉老老說你提起太太來你還沒有過去呢我出去叫人帶了你去見見也不枉來這一趟劉老老便要走鳳姐道忙什麼你坐下我問你近來的日子還過的麼劉老老千恩萬謝的說道我們若不仗著姑奶奶說着指着青兒說他的老子娘都要餓死了如今雖說是庄家人苦家裡也掙了好幾畝地又打了一眼井種些菜蔬爪菓一年賣的錢也不少儘彀

他們嚼吃的了這兩年姑奶奶還時常給些衣服布疋在我們村裡算過得的了阿彌陀佛前日他老子進城聽見姑奶奶這裡動了家我就幾乎嚇殺了虧得又有人說不是這裡我纔放心後來又聽見說這裡老爺陞了我又喜歡就要來道喜爲的是滿地的庄家來不得昨日又聽見說老太太沒有了我在地裡打豆子聽見了這話嚇的連豆子都拿不起來了就在地裡狠狠的哭了一大場我合女婿說我也顧不得你們了不管真話謊話我是要進城瞧瞧去的我女兒女婿也不是沒良心的聽見了也哭了一會子今兒天沒亮就赶着我進城來了我也不認得一個人沒有地方打聽一徑來到後門見是門神都糊

不認得一個人，沒有地方打聽。一徑來到衙門，見是門神帶領

進見了出來了一會子，今兒天亮就趕着進城來了。我出

話說話我要進城，讓大少我女兒女婿也不是我真心的

他樂的哭了一大場，我合女婿說我也顧不得你們了，不管真

剛打豆子聽見了這話，唬的連豆子都拿不起來了，就在這裡

兒滿地的屁由來不得許口，又聽見說着太太沒有了，我在這

心發來，又聽見說這裡若會經了，我又害散，就要來這裡的

禍動了，家投就幾乎氣殺了，鬧得又有人說不是這裡投來投

林有直過得好了，同屬下佛前日自去年進城那見姑娘的道

人們說的了這兩年姑奶奶還淌着淚命過去太很有在我們

說起又打了一服井裡出藥，就乃東一年賣的錢也不少儘夠

於子還都要錢死了，如今難說是進來入他家裡也都算了好幾

園裏的說道我們那不依，請放好的說當着書房裏說的

知道乍麼往上下找問你近來的日子那個那麼好有甚年

且去叫人伴了你去見他，不往來這十輛車都在年年過鳳

了鳳姐金拉下劉姥姥走說太太來瞧你這大有造化的了說

倒說得上海的好些起來了，看年見那碗的咱們老家都饅頭

給巧姐回去這話不好聽，但抱了去和書見的話兩個丫鬟兒

家有給新鞋的給她壓人事畢着好的當人上頭大太太已過來

這見滿的大雜的放在鍋的好的大事大的下人家說白話

了我這一嚇又不小進了門我周嫂子再找不著撞見一個小姑娘說周嫂子得了不是攆出去了我又等了好半天遇見個熟人纔得進來不打諒姑奶奶也是這麼病說着就掉下淚來平兒着急也不等他說完了拉着就走說你老人家說了半天口也乾了咱們喝茶去罷拉著劉老老到下房坐着青兒自在巧姐那邊劉老老道茶倒不要好姑娘叫人帶了我去請太太的安哭哭老太太去罷平兒道你不用忙今兒也趕不出城去了方纔我是怕你說話不防頭招的我們奶奶哭所以催你出來你別思量劉老老道阿彌陀佛姑娘這是多心我也知道倒是奶奶的病怎麼好呢平兒道你瞧妨碍不妨碍劉老老道說是罪過我瞧着不好正說著又聽鳳姐叫呢平兒及到床前鳳姐又不言語了平兒正問豐兒賈璉進來向炕上一瞧也不言語走到裡間氣哼哼的坐下只有秋桐跟了進去倒了茶殷勤一回不知嘁嘁喳喳的說些什麼回來賈璉叫平兒來問道奶奶不吃藥麼平兒道不吃藥怎麼樣呢賈璉道我知道麼你拿櫃子上的鑰匙來罷平兒見賈璉有氣又不敢問只得出來鳳姐耳邊說了一聲鳳姐不言語平兒便將一個匣子擱在賈璉那裡就走賈璉道有鬼叫你嗎你擱着叫誰拿呢平兒忍氣打開取了鑰匙開了櫃子便問道拿什麼賈璉道咱們有什麼嗎平兒氣的哭道有話明說人死了也願意賈璉道這還要說麼

頭裡的事是你們鬧得如今老太太的還短了四五千銀子老爺叫我今公中的地賬弄銀子你說有麽外頭拉的賬不開發使得麽誰叫我應這個名兒只好把老太太給我的東西折變去罷了你不依麽平兒聽了一句不言語將櫃裡東西搬出只見小紅過來說平姐姐快走奶奶不好呢平兒也顧不得賈璉急忙過來見鳳姐用手空抓平兒用手攥着哭叫賈璉也過來一瞧把腳一跺道若是這樣是要我的命了說着掉下淚來豐兒進來說外頭找二爺呢賈璉只得出去這裡鳳姐愈加不好豐兒等便大哭起來巧姐聽見趕來劉老老也急忙走到炕前嘴裡念佛搗了些鬼果然鳳姐好些一時王夫人聽了丫頭的

信也過來了先見鳳姐安靜些心下略放心見了劉老老便說劉老老你好什麽時候來的劉老老便說請安也不及說別的只言鳳姐的病講究了半天彩雲進來說老爺請太太呢王夫人叮嚀了平兒幾句話便過去了鳳姐鬧了一回此時又覺清楚些見劉老老在這裡心裡信他求神禱告便把豐兒等支開叫劉老老坐在床前告訴他心神不寧如見鬼的樣子劉老老便說我們屯裡什麽菩薩靈什麽廟有感應鳳姐道求你替我禱告要用供獻的銀錢我有便在手腕下退下一隻金鐲子來交給他劉老老道姑奶奶不用那個我們村庄人家許了愿好了花上幾百錢就是了那用這些就是我替姑奶奶求去也是

許願等姑奶奶好了要花什麼自巳去花罷鳳姐明知劉老老一片好心不好勉强只得留下說老老我的命交給你了我的巧姐兒也是千災百病的也交給你了劉老老順口答應便說這麼着我看天氣尚早還赶的出城去我就去了明兒姑奶奶好了再請還願去鳳姐因被衆冤魂纏繞害怕巴不得他就去便說你若肯替我用心我能安穩睡一覺我就感激你了你外孫女兒叫他在這裡住下罷劉老老道庄家孩子沒有見過世面沒的在這裡打嘴我帶他去的好鳳姐道這就是多心了既是偺們一家人這怕什麼雖說我們窮了多一個人吃飯也不算什麼劉老老見鳳姐真情樂得叫青兒住幾天省了家裡的嚼吃只怕青兒不肯不如叫他來問問若是他肯就留下于是和青兒說了幾句青兒因與巧姐兒頑得熟了巧姐又不願意他去青兒又要在這裡劉老老便吩咐了幾句辭了平兒忙忙的赶出城去不題且說櫳翠菴原是賈府的地址因蓋省親園子將那菴圈在裡頭向來食用香火並不動賈府的錢糧如今妙玉被劫那女尼呈報到官一則候官府緝盜的下落二則是妙玉基業不便離散依舊住下不過回明了賈府那時賈府的人雖都知道只爲賈政新喪且又心事不寧也不敢將這些沒要緊的事回稟只有惜春知道此事日夜不安漸漸傳到寶玉耳邊說妙玉被賊刦去又有的說妙玉凡心動了跟人而走寶

玉聽得十分納悶想來必是被强徒搶去這個人必不肯受一定不屈而死但是一無下落心下甚不放心每日長嘘短嘆還說這樣一個人自稱爲檻外人怎麼遭此結局又想到當日園中何等熱鬧自從二姐姐出閣一來死的死嫁的嫁我想他一塵不染是保得住的了豈知風波頓起比林妹妹死的更奇由是一而二二而三追思起來想到莊子上的話虚無縹緲人生在世難免風流雲散不覺的大哭起來襲人等又道是他的瘋病發作百般的溫柔解勸寶釵初時不知何故也用話箴規怎奈寶玉抑鬱不解又覺精神恍惚寶釵想不出道理再三打聽方知妙玉被刼不知去向也是傷感只爲寶玉愁煩便用正言解釋因提起蘭兒自送殯回來雖不上學聞得日夜攻苦他是老太太的重孫老太太素來望你成人老爺爲你日夜焦心你爲閒情痴意遭塌自己我們守着你如何是個結果說得寶玉無言可答過了一回纔說道我那管人家的閒事只可歎偺們家的運氣衰頹寶釵道可又來老爺太太原爲是要你成人接續祖宗遺緒你只是執迷不悟如何是好寶玉聽來話不投機便靠在桌上睡去寶釵也不理他叫麝月等伺候着自己都去睡了寶玉見屋裡人少想起紫鵑到了這裡我從没合他說句知心的話兒冷冷清清撂着他我心裡甚不過意他呢又比不得麝月秋紋我可以安放得的想起從前我病的時候他在我

這裡伴了好些時如今他的那一面小鏡子還在我這裡他的情意却也不薄了如今不知為什麼見我就是冷冷的若說為我們這一個呢他是合林妹妹最好的我看他待紫鵑也不錯我不在家的日子紫鵑原也與他有說有笑的到我來了紫鵑便走開了想來自然是為林妹妹死了我便成了家的原故噯紫鵑紫鵑你這樣一個聰明女孩兒難道連我這點子苦處都看不出來麼因又一想今晚他們睡的睡做活的做活不如趁著這個空兒我找他去看他有什麼話倘或我還有得罪之處便陪個不是也使得想定主意輕輕的走出了房門來找紫鵑那紫鵑的下房也就在西廂裡間寶玉悄悄的走到窗下只見裡面尚有燈光便用舌頭舐破窗紙往裡一瞧見紫鵑獨自挑燈又不是做什麼呆呆的坐著寶玉便輕輕的叫道紫鵑姐姐還沒有睡麼紫鵑聽了唬了一跳怔怔的半日纔說是誰寶玉道是我紫鵑聽著似乎是寶玉的聲音便問是寶二爺麼寶玉在外輕輕的答應了一聲紫鵑問道你來做什麼寶玉道我有一句心裡的話要和你說說你開了門我到你屋裡坐坐紫鵑停了一會兒說道二爺有什麼話天晚了請回罷明日再說罷寶玉聽了寒了半截自己還要進去恐紫鵑未必開門欲要回去這一肚子的隱情越發被紫鵑這一句話勾起無奈說道我也沒有多餘的話只問你一句紫鵑道既是一句就請說寶玉

半日反不言語紫鵑在屋裡不見寶玉言語知他素有痴病恐怕一時寔在搶白了他勾起他的舊病倒也不好了因站起來細聽了一聽又問道是走了還是傻站着呢有什麽又不說儘着在這裡慪人已經慪死了一個難道還要慪死一個麽這是何苦來呢說着也從寶玉舐破之處往外一瞧見寶玉在那裡獃聽紫鵑不便再說回身剪了剪燭花忽聽寶玉嘆了一聲道紫鵑姐姐你從來不是這樣鐵心石腸怎麽近來連一句好好兒話都不和我說了我固然是個濁物不配你們理我但只我有什麽不是只望姐姐說明了那怕姐姐一輩子不理我我死了倒作個明白鬼呀紫鵑聽了冷笑道二爺就是這個話呀還有什麽若就是這句話呢我們姑娘在時我也跟着聽俗了若是我們有什麽不好處呢我是太太派来的二爺倒是回太太去左右我們丫頭們更筭不得什麽了說到這裡那聲兒便哽咽起來說着又醒鼻涕寶玉在外知他傷心哭了便急的跺脚道這是怎麽說我的事情你在這裡幾個月還有什麽不知道的就便别人不肯替我告訴你難道你還不叫我說叫我蹩死了不成說著也嗚咽起来了寶玉正在這裡傷心忽聽背後一個人接言道你叫誰替你說呢誰是誰的什麽自己得罪了人自己央及呀人家賞臉不賞在人家何苦来拿我們這些没要緊的墊喘兒呢這一句話把裡外兩個人都嚇了一跳你道

是誰原來却是麝月寶玉自覺臉上沒趣只見麝月又說道到底是怎麽着一個陪不是一個又不理你倒是快快兒的央及呀噯我們紫鵑姐姐也就太狠心了外頭這麽怪冷的人家央及了這半天總連個活動氣兒也沒有又向寶玉道剛纔二奶奶說了多早晚了打諒你在那裡呢你却一個人站在這房簷底下做什麽紫鵑裡面接着說道這可是什麽意思呢早就請二爺進去有話明日說罷這是何苦來寶玉還要說話因見麝月在那裡不好再說別的只得一面同麝月走回一面說道罷了罷了我今生今世也難剖白這個心了惟有老天知道罷了說到這裡那眼淚也不知從何處來的滔滔不斷了麝月道二

爺依我勸你死了心罷白陪眼淚也可惜了兒的寶玉也不答言遂進了屋子只見寶釵睡了寶玉也知寶釵粧睡却是襲人說了一句道有什麽話明日說不得巴巴兒的跑到那裡去鬧鬧出說到這裡也就不肯說遲一遲纔接着道身上不覺怎麽樣寶玉也不言語只搖搖頭兒襲人便打發寶玉睡下一夜無眠自不必說這裡紫鵑被寶玉一招越發心裡難受直直的哭了一夜思前想後寶玉的事明知他病中不能明白所以衆人弄鬼弄神的辦成了後來寶玉明白了舊病復發時常哭想並非忘情負義之徒今日這種柔情一發叫人難受只可憐我們林姑娘真真是無福消受他如此看來人生緣分都有一定在

那未到頭時大家都是痴心妄想及至無可如何那糊塗的也

就不理會了那情深義重的也不過臨風對月灑淚悲啼可憐

那死的倒未必知道這活真真的是苦惱傷心無休無了算來

竟不如草木石頭無知無覺倒也心中乾淨想到此處倒把一

片酸熱之心一時冰冷了纔要收拾睡時只聽東院裡吵嚷起

來未知何事下回分解

紅樓夢第一百十三回終

王熙鳳歷幻返金陵　甄應嘉蒙恩還玉闕

却說寶玉寶釵聽說鳳姐病的危急赶忙起來丫頭秉燭伺候正要出院只見王夫人那邊打發人來說璉二奶奶不好了還沒有嚥氣二爺二奶奶且慢些過去罷璉二奶奶的病有些古怪從三更天起到四更時候沒有住嘴說了好些胡話要船要轎只說赶到金陵歸入什麽冊子去衆人不懂他只是哭哭喊喊璉二爺沒有法兒只得去糊船轎還沒拿來璉二奶奶喘著氣等著呢太太叫我們過來說等璉二奶奶去了再過去罷寶玉道這也奇他到金陵做什麽去襲人輕輕的說道你不是那

年做夢我還記得說有多少冊子莫不是璉二奶奶是到那裡去罷寶玉聽了點頭道是呀可惜我都不記得那上頭的話了這麽說起來人都有個定數的了但不知林妹妹又到那裡去了我如今被你一說我有些懂的了若再做這個夢時我必細細的瞧一瞧便有未卜先知的分兒了襲人道你這樣的人可是不可合你說話我偶然提了一句你就認起真來了嗎就算你能先知了又有什麽法兒寶玉道只怕不能先知若是能了我也犯不着為你們瞎操心了兩人正說着寶釵走來問道你們說什麽寶玉恐他盤詰只說我們談論鳳姐姐寶釵道人要死了你們還只管議論他舊年你還說我咒人那個籤不是應了

麼寶玉又想了一想拍手道是的是的這麼說起來你倒能先知了我索性問問你你知道我將來怎麼樣寶釵笑道這是又胡鬧起來了我是就他求的籤上的話混解的你就認了眞了你和我們二嫂子成了一樣的了你失了玉他去求妙玉扶乩批出來衆人不解他背地裡合我說妙玉怎麼前知怎麼參禪悟道如今他遭此大難如何自己都不知道這可是算得前知嗎就是我偶然說着了二奶奶的事情其實知道他是怎麼樣了只怕我連我自己也不知道呢這些事情原都是虛誕的可是信得的麼寶玉道別提他了你只說邢妹妹罷自從我們這裡連連的有事把他這件事竟忘記了你們家這麼一件大事

怎麼就草草的完了也沒請親戚朋友的寶釵道你這話又是迂了我們家的親戚秖有咱們這裡和王家最近王家沒了什麼正經人了咱們家遭了老太太的大事所以也沒請就是璉二哥張羅了張羅別的親戚雖也有一兩門子你沒過去如何知道算起來我們這二嫂子的命和我差不多好好的許了我二哥哥我媽媽原想要體體面面的給二哥哥娶這房親事的一則爲我哥哥在監裡二哥哥也不肯大辦二則爲咱們家的事三則爲我二嫂子在大太太那邊忒苦又加着抄了家大太太是一味的苛刻他也寔在難受所以我和媽媽說了便將將就就的娶了過去我看二嫂子如今倒是安心樂意的孝敬我媽

媽比親媳婦還强十倍呢待二哥哥也是極謙遜的和香菱又甚好二哥哥不在家他兩個和和氣氣的過日子雖說是窮些我媽媽近來倒安逸好些就是想起我哥哥來不免傷心況且常打發人家裡來要使用多虧二哥哥在外頭賬頭兒上討來應付他我聽見說城裡的幾處房子已經也典了還剩了一所如今打算着搬了去住寶玉道爲什麽要搬住在這裡你來去也便宜些若搬遠了你去就要一天了寶釵道雖說是親戚到底各自的穩便些那裡有個一輩子住在親戚家的呢寶玉還要講出不搬去的理王夫人打發人來說璉二奶奶嚥了氣了所有的人都過去了請二爺二奶奶就過去寶玉聽了也掌

不住跺脚要哭寶釵雖也悲戚恐寶玉傷心便說有在這裡哭的不如到那邊哭去於是兩人一直到鳳姐那裡只見好些人圍着哭呢寶釵走到跟前見鳳姐已經停床便大放悲聲寶玉也拉着賈璉的手大哭起來賈璉也重新哭泣平兒等因見無人勸解只得含悲上來勸止了衆人都悲哀不止賈璉此時手足無措叫人傳了賴大來叫他辦理喪事自己回明了賈政然後去行事但是手頭不濟諸事拮据又想起鳳姐素日的好處來更加悲哭不已又見巧姐哭的死去活來越發傷心哭到天明即刻打發人去請他大舅子王仁過來那王仁自從王子騰死後王子勝又是無能的人任他胡爲已鬧的六親不和今知

妹子死了只得赶着過來哭了一場見這裡諸事將就心下便不舒服說我妹妹在你家辛辛苦苦當了好几年家也沒有什麽錯處你們家該認真的發送發送纔是怎麽這時候諸事還沒有齊備賈璉本與王仁不睦見他說些混賬話知他不懂的什麽也不大理他王仁便叫了他外甥女兒巧姐過來說你娘在時本來辦事不周到只知道一味的奉承老太太把我們的人都不大看在眼裡外甥女兒你也大了看見我從來沾染過你們沒有如今你娘死了諸事要聽著舅舅的話你母親娘家的親戚就是我和你二舅舅了你父親的爲人我也早知道了只有敬重別人的那年什麽尤姨娘死了我雖不在京聽見說花了好些銀子如今你娘死了你父親倒是這樣的將就辦去你也不知道勸勸你父親嗎巧姐道我父親巴不得要好看只是如今比不得從前了現在手裡沒錢所以諸事省些是有的王仁道你的東西還少麽巧姐兒道舊年抄去何嘗還有呢王仁道你也這樣說我聽見老太太又給了好些東西你該拿出來巧姐又不好說父親用去只推不知道王仁便道哦我知道了不過是你要留着做嫁裝罷咧巧姐聽了不敢回言只氣得哽噎難鳴的哭起來了平兒生氣說道舅老爺有話等我們二爺進來再說姑娘這麽點年紀他懂的什麽王仁道你們是巴不得二奶奶死了你們就好爲王了我並不要什麽好看些也

是你們的臉面說着賭氣坐着巧姐滿心的不舒服心想我父親並不是沒情我媽媽在時舅舅不知拿了多少東西去如今說得這樣干凈于是便不大瞧得起他舅舅了豈知王仁心裡想來他妹妹不知積攢了多少雖說抄了家那屋裡的銀子還怕少嗎必是怕我來纏他們所以也幫着這麼說這小東西兒也是不中用的從此王仁也嫌了巧姐兒了賈璉並不知道只忙着弄銀錢使用外頭的大事叫賴大辦了裡頭也要用好些錢一時實在不能張羅平兒知他着急便叫賈璉道二爺也別過於傷了自己的身子賈璉道什麼身子現在日用的錢都沒有這件事怎麼辦偏有個糊塗行子又在這裡蠻纏你想有什麼法兒平兒道二爺也不用着急若說沒錢使喚我還有些東西舊年幸虧沒有抄在裡頭去二爺要就拿去當著使喚罷賈璉聽了心想難得這樣便笑道這樣更好省得我各處張羅等我銀子弄到手了還你平兒道我的也是奶奶給的什麼還不還只要這件事辦的好看些就是了賈璉心裡倒着實感激他便將平兒的東西拿了去當錢使用諸凡事情便與平兒商量秋桐看着心裡就有些不甘每每口角裡頭便說平兒沒有了奶奶他要上去了我是老爺的人他怎麼就越過我去了呢平兒也看出來了只不理他倒是賈璉一時明白越發把秋桐嫌了碰着有些煩惱便拿着秋桐出氣邢夫人知道反說賈璉不

好賈璉忍氣不題再說鳳姐停了十餘天送了殯賈政守着老太太的孝總在外書房那時清客相公漸漸的都辭去了只有個程日興還在那裡時常陪着說說話兒提起家運不好一連人口死了好些大老爺合珍大爺又在外頭家計一天難似一天外頭東庄地畝也不知道怎麼樣總不得了那程日興道我在這裡好些年也知道府上的人那一個不是肥巳的一年一年都往他家裡拿那自然府上是一年不彀一年了又添了大老爺珍大爺那邊兩處的費用外頭又有些債務前兒又破了好些財要想衙門裡緝賊追贓那是難事老世翁若要安頓家事除非傳那些管事的來派一個心腹人各處去清查清查該去的去該留的留有了虧空着在經手的身上賠補這就有了數兒了那一座大園子人家是不敢買的這裡頭的出息也不

少又不派人管了幾年老世翁不在家這些人就弄神弄鬼兒的鬧的一個人不敢到園裡這都是家人的弊此時把下人查一查好的使着不好的便攆了這纔是道理賈政點頭道先生你有所不知不必說下人就是自巳的侄兒也靠不住若要我查起來那能一一親見親知况我又在服中不能照管這些個我素來又兼不大理家有的沒的我還摸不著呢程日興道老世翁最是仁德的人若在別人家這樣的家計就窮起來十年五載還不怕便向這些管家的要也就彀了我聽見世翁的家

人還有做知縣的呢賈政道一個人若要使起家人們的錢來便了不得了只好自已儉省些但是册子上的產業若是寔有還好生怕有名無實了程日興道老世翁所見極是晚生爲什麽說要查查呢賈政道先生必有所聞程日興道我雖知道些那些管事的神通晚生也不敢言語的賈政聽了便知話裏有因便嘆道我家祖父已來都是仁厚的從沒有刻薄過下人我看如今這些人一日不似一日了在我手裏行出主子樣兒來又叫人笑話兩人正說着門上的進來回道江南甄老爺來了賈政便問道甄老爺進京爲什麽那人道奴才也打聽過了說是蒙聖恩起復了賈政道不用說了快請罷那人出去請了進

來那甄老爺即是甄寶玉之父名叫甄應嘉表字友忠也是金陵人氏功勳之後原與賈府有親素來走動的因前年罣誤革了職動了家產今遇主上眷念功臣賜還世職行取來京陛見知道賈母新喪特備祭禮擇日到寄靈的地方拜奠所以先來拜望賈政有服不能遠接在外書房門口等着那位甄老爺一見便悲喜交集因在制中不便行禮遂拉着手敘了些闊別思念的話然後分賓主坐下獻了茶彼此又將別後事情的話說了賈政問道老親翁幾時陛見的甄應嘉道前日賈政道主上隆恩必有溫諭甄應嘉道主上的恩典真是比天還高下了好些旨意賈政道什麽好旨意甄應嘉道近來越寇猖獗海疆一

帶小民不安派了安國公征剿賊寇主上因我熟悉土疆命我前往安撫但是即日就要起身昨日知老太太仙逝謹備瓣香至靈前拜奠稍盡微忱賈政即忙叩首拜謝便說老親翁即此一行必是上慰聖心下安黎庶誠哉莫大之功正在此行但弟不克親覩奇才只好進聆捷報現在鎮海統制是弟舍親會時務望青照甄應嘉道老親翁與統制是什麽親戚賈政道弟那年在江西糧道任時將小女許配與統制少君結褵已經三載因海口案內未清繼以海寇聚奸所以音信不通弟深念小女俟老親翁安撫事竣後拜懇便中一視弟即修字數行煩尊紀帶去便感激不盡了甄應嘉道兒女之情人所不免我正在有

奉託老親翁的事昨蒙聖恩召取来京因小兒年幼家下乏人將賤眷全帶来京我因欽限迅速晝夜先行賤眷在後緩行到京尚需時日弟奉旨出京不敢久留將来賤眷到京少不得要到尊府定叫小犬叩見如可進教遇有姻事可商之處望乞留意爲感賈政一一答應那甄應嘉又說了几句話就要起身說明日在城外再見賈政見他事忙諒難再坐只得送出書房賈璉寶玉早已伺候在那裡代送因賈政未叫不敢擅入甄應嘉出来兩人上去請安應嘉一見寶玉呆了一呆心想這個怎麽甚像我家寶玉只是渾身縞素問道至親久闊爺們都不認得了賈政忙指賈璉道這是家兄名赦之子璉二侄兒又指著寶

玉道這是第二小犬名叫寶玉應嘉拍手道奇我在家聽見說老親翁有個啣玉生的愛子名叫寶玉因與小兒同名心中甚爲罕異後來想著這個也是常有的事不在意了豈知今日一見不但面貌相同且舉止一般這更奇了問起年紀比這裡的哥兒略小一歲賈政便又提起承薦包勇問及令郎哥兒與小兒同名的話述了一遍應嘉因屬意寶玉也不暇問及那包勇的好歹只連連的稱道真真罕異因又拉着寶玉的手極致殷勤又恐安國公起身甚速急須預備長行勉强分手徐行賈璉寶玉送出一路又問了寶玉好些然後纔登車而去那賈璉寶玉回來見了賈政便將應嘉問的話回了一遍賈政命他二人

散去賈璉又去張羅算明鳳姐喪事的賬目寶玉回到自己房中告訴了寶釵說是常提的甄寶玉我想一見不能今日倒先見了他父親了我還聽得說寶玉也不日要到京了要來拜望我們老爺呢他也說和我一模一樣的我只不信若是他後兒到了咱們這裡來你們都去瞧瞧看他果然和我像不像寶釵聽了道噯你說話怎麽越發没前後了什麽男人同你一樣都說出來了還叫我們瞧去呢寶玉聽了知是失言臉上一紅連忙的還要解說不知何話下回分解

紅樓夢第一百十四回終

紅樓夢第一百十五回

惑偏私惜春矢素志　證同類寶玉失相知

話說寶玉為自巳失言被寶釵問住想要掩飾過去只見秋紋進來說外頭老爺叫二爺呢寶玉巴不得一聲兒便走了到賈政那裡賈政道我叫你來不為別的現在你穿着孝不便到學裡去你在家裡必要將你念過的文章溫習溫習我這幾天倒也閑着隔兩三日要做幾篇文章我瞧瞧看你這些時進益了沒有寶玉只得答應着賈政又道你環兒弟蘭侄兒我也叫他們溫習去了倘若你做的文章不好反倒不及他們那可就不成事了寶玉不敢言語答應了個是站着不動賈政道去罷寶

玉退了出來正遇見賴大諸人拿著些冊子進來寶玉一溜烟回到自巳房中寶釵問了知道叫他作文章倒也喜歡惟有寶玉不願意也不敢怠慢正要坐下靜靜心只見兩個姑子進來是地藏庵的見了寶釵說道請二奶奶安寶釵待理不理的說你們好因叫人來倒茶給師父們喝寶玉原要和那姑子說話見寶釵似乎厭惡這些也不好兜搭那姑子知道寶釵是個冷人也不久坐辭了要去寶釵道再坐坐去罷那姑子道我們因在鐵檻寺做了功德好些時沒來請太太奶奶們的安今日來了見過了奶奶太太們還要看看四姑娘呢寶釵點頭由他去了那姑子到了惜春那裡看見彩屏便問姑娘在那裡呢彩屏

道不用提了姑娘這幾天飯都没吃只是歪着那姑子道爲什麽彩屏道說也話長你見了姑娘只怕他就和你說了惜春早已聽見急忙坐起說你們兩個人好啊見我們家事差了就不來了那姑子道阿彌陀佛有也是施主没也是施主别說我們是本家庵裡受過老太太多少恩惠的如今老太太的事太太奶奶們都見過了只没有見姑娘心裡惦記今兒是特特的來瞧姑娘來了惜春便問起水月庵的姑子來那姑子道他們庵裡鬧了些事如今門上也不肯常放進來了便問惜春道前兒聽見說櫳翠庵的妙師父怎麽跟了人走了惜春道那裡的話說這個話的人隄防着割舌頭人家遭了强盗搶去怎麽還說這樣的壞話那姑子道妙師父的爲人古怪只怕是假惺惺罷在姑娘面前我們也不好說的那裡像我們這些粗夯人只知道諷經念佛給人家懺悔也爲着自已修個善果惜春道怎麽樣就是善果呢那姑子道除了咱們家這樣善德人家兒不怕若是別人家那些誥命夫人小姐也保不住一輩子的榮華到了苦難來了可就救不得了只有個觀世音菩薩大慈大悲遇見人家有苦難事就慈心發動設法兒救濟爲什麽如今都說大慈大悲救苦救難的觀世音菩薩呢我們修了行的人雖說比夫人小姐們苦多着呢只是没有險難的了雖不能成佛作祖修修來世或者轉個男身自已也就好了不像如今脫生了

個女人胎子什麼委屈煩難都說不出來姑娘你還不知道呢要是姑娘們拿了出了門子這一輩子跟着人是更沒法兒的若說修行也只要修得真那妙師父自爲才情比我們強他就嫌我們這些人俗豈知俗的纔能得善緣呢他如今到底是遭了大劫了惜春被那姑子一番話說的合在机上也顧不得了頭們在這裡便將尤氏待他怎樣前兒看家的事說了一遍並將頭髮指給他瞧道你打諒我是什麼沒主意戀火坑的人麼早有這樣的心只是想不出道兒來那姑子聽了假作驚慌道姑娘再別說這個話珍大奶奶聽見還要罵殺我們攆出菴去呢姑娘這樣人品這樣人家將來配個好姑爺享一輩子的榮華富貴惜春不等說完便紅了臉說珍大奶奶攆得你我就攆不得麼那姑子知是真心便索性激他一激說道姑娘別怪我們說錯了話太太奶奶們那裡就依得姑娘的性子呢那時鬧出沒意思來倒不好我們倒是爲姑娘的話惜春道這也瞧罷咧彩屏等聽這話頭不好便使個眼色兒給姑子叫他走那姑子會意本來心裡也害怕不敢挑逗便告辭出去惜春也不留他便冷笑道打諒天下就是你們一個地藏菴麼那姑子也不敢答言去了彩屏見事不妥恐耽不是悄悄的去告訴了尤氏說四姑娘鉸頭髮的念頭還沒有息呢他這幾天不是病竟是怨命奶奶隄防些別鬧出事來那會子歸罪我們身上尤氏道

他那裡是爲要出家他爲的是大爺不在家安心和我過不去也只好由他罷了彩屏等沒法也只好常常勸解豈知惜春一天一天的不吃飯只想鉸頭髮彩屏等吃不住只得到各處告訴邢王二夫人等也都勸了好幾次怎奈惜春執迷不解邢王二夫人正要告訴賈政只聽外頭傳進來說甄家的太太帶了他們家的寶玉來了衆人急忙接出便在王夫人處坐下衆人行禮叙些寒温不必細述只言王夫人提起甄寶玉與自巳的寶玉無二要請甄寶玉進來一見傳話出去同來說道甄少爺在外書房同老爺說話說的投了机了打發人來請我們二爺三爺還叫蘭哥兒在外頭吃飯吃了飯進來說畢裡頭也便擺

飯原來此時賈政見甄寶玉相貌果與寶玉一樣試探他的文才竟應對如流甚是心敬故叫寶玉等三人出來警勵他們再者到底叫寶玉來比一比寶玉聽命穿了素服帶了兄弟侄兒出來見了甄寶玉竟是舊相識一般那甄寶玉也像那裡見過的兩人行了禮然後賈環賈蘭相見本來賈政席地而坐要讓甄寶玉在椅子上坐甄寶玉因是晚輩不敢上坐就在地下鋪了褥子坐下如今寶玉等出來又不能同賈政一處坐着爲甄寶玉是晚一輩又不好竟叫寶玉等站着賈政知是不便站起來又說了幾何話叫人擺飯說我失陪叫小兒輩陪着大家說話兒好叫他們領領大教甄寶玉遜謝道老伯大人請便小侄

正欲領世兄們的教呢賈政回覆了幾句便自往內書房去那甄寶玉却要送出來賈政攔住寶玉等先搶了一步出了書房門檻站立着看賈政進去然後進來讓甄寶玉坐下彼此套敘了一回諸如久慕渴想的話也不必細述且說賈寶玉見了甄寶玉想到夢中之景並且素知甄寶玉為人必是和他同心以為得了知己因初次見面不便造次且又賈環賈蘭在坐只有極力誇讚說久仰芳名無由親炙今日見面真是謫仙一流的人物那甄寶玉素來也知賈寶玉的為人今日一見果然不差只是可與我共學不可與我適道他既和我同名同貌也是三生石上的舊精魂了我如今略知些道理何不和他講講但只

是初見尚不知他的心與我同不同只好緩緩的來便道世兄的才名弟所素知的在世兄是數萬人裡頭選出來最清最雅的至於弟乃庸庸碌碌一等愚人忝附同名殊覺玷辱了這兩個字賈寶玉聽了心想這個人果然同我的心一樣的但是你我都是男人不比那女孩兒們清潔怎麼他拿我當作女孩兒看待起來便道世兄謬讚實不敢當弟至濁至愚只不過一塊頑石耳何敢比世兄品望清高實稱此兩字呢甄寶玉道弟少時不知分量自謂尚可琢磨豈知家遭消索數年來更比瓦礫猶賤雖不敢說歷盡甘苦然世道人情略畧的領悟了些須世兄是錦衣玉食無不遂心的必是文章經濟高出人上所以老

伯鍾愛將爲席上之珍弟所以纔說尊名方稱賈寶玉聽這話頭又近了祿蠹的舊套想話回答賈環見未與他說話心中早不自在倒是賈蘭聽了這話甚覺合意便說道世叔所言固是太謙若論到文章經濟實在從歷練中出來的方爲眞才實學在小侄年幼雖不知文章爲何物然將讀過的細味起來那膏粱文繡比著令聞廣譽眞是不啻百倍的了甄寶玉未及答言賈寶玉聽了蘭兒的話心裡越發不合想道這孩子從幾時也學了這一派酸論便說道弟聞得世兄也詆盡流俗性情中另有一番見解今日弟幸會芝範想欲領教一番超凡入聖的道理從此可以洗淨俗腸重開眼界不意視弟爲蠢物所以將世

路的話來酬應甄寶玉聽說心裡曉得他知我少年的性情所以疑我爲假我索性把話說明或者與我作個知心朋友也是好的便說世兄高論固是眞切但弟少時也曾深惡那些舊套陳言只是一年長似一年家君致仕在家懶於應酬委弟接待後來見過那些大人先生盡都是顯親揚名的人便是着書立說無非言忠言孝自有一番立德立言的事業方不枉生在聖明之時也不致負了父親師長養育教誨之恩所以把少時那些迂想痴情漸漸的淘汰了些如今尚欲訪師覓友教導愚蒙幸會世兄定當有以教我適纔所言並非虛意賈寶玉愈聽愈不耐煩又不好冷淡只得將言語支吾幸喜裡頭傳出話來

說若是外頭爺們吃了飯請甄少爺裡頭去坐呢寶玉聽了趂勢便邀甄寶玉進去那甄寶玉依命前行賈寶玉等陪着来見王夫人賈寶玉見是甄太太上坐便先請過了安賈環賈蘭也見了甄寶玉也請了王夫人的安兩母兩子互相厮認雖是賈寶玉是娶過親的那甄夫人年紀已老又是老親因見賈寶玉的相貌身材與他兒子一般不禁親熱起來王夫人更不用說拉着甄寶玉問長問短覺得比自己家的寶玉老成些回看賈蘭也是清秀超羣的雖不能像兩個寶玉的形像也還隨得上只有賈環粗夯未免有偏愛之色衆人一見兩個寶玉在這裡都来瞧看說道真真奇事名字同了也罷怎麼相貌身材都是

一樣的虧得是我們寶玉穿孝若是一樣的衣服穿着一時也認不出来内中紫鵑一時痴意發作便想起黛玉来心裡說道可惜林姑娘死了若不死時就將那甄寶玉配了他只怕也是願意的正想着只聽得甄夫人道前日聽得我們老爺回来說我們寶玉年紀也大了求這裡老爺留心一門親事王夫人正愛甄寶玉順口便說道我也想要與令郎作伐我家有四個姑娘那三個都不用說死的死嫁的嫁了還有我們珍大侄兒的妹子只是年紀過小幾歲恐怕難配倒是我們大媳婦的兩個堂妹子生得人才齊正二姑娘呢已經許了人家三姑娘正好與令郎爲配過一天我給令郎作媒但是他家的家計如今差

些兒甄夫人道太太這話又客套了如今我們家還有什麼只怕人家嫌我們窮罷咧王夫人道現今府上復又出了差將來不但復舊必是比先前更要鼎盛起來甄夫人笑着道但願依著太太的話更好這麼着就求太太作個保山甄寶玉聽他們說起親事便告辭出來賈寶玉等只得陪著來到書房見賈政已在那裡復又立談幾句聽見甄家的人來回甄寶玉道太太要走了請爺回去罷于是甄寶玉告辭出來賈政命寶玉環蘭相送不題且說寶玉自那日見了甄寶玉之父知道甄寶玉來京朝夕盼望今兒見面原想得一知己豈知談了半天竟有些冰炭不投悶悶的回到自已房中也不言也不笑只管發怔寶釵便問那甄寶玉果然像你麼寶玉道相貌倒還是一樣的只是言談間看起來並不知道什麼不過也是個祿蠹寶釵道你又編派人家了怎麼就見得也是個祿蠹呢寶玉道他說了半天并沒個明心見性之談不過說些什麼文章經濟又說什麼為忠為孝這樣人可不是個祿蠹麼只可惜他也生了這樣一個相貌我想來有了他我竟要連我這個相貌都不要了寶釵見他又說獃話便說道你真真說出句話來叫人發笑這相貌怎麼能不要呢況且人家這話是正理做了一個男人原該要立身揚名的誰像你一味的柔情私意不說自已沒有剛烈倒說人家是祿蠹寶玉本聽了甄寶玉的話甚不耐煩又被寶釵搶

自了一場心中更加不樂悶悶昏昏不覺將舊病又勾起來了并不言語只是傻笑寶釵不知只道自已的話錯了他所以冷笑也不理他豈知那日便有些發獃襲人等慪他也不言語過了一夜次日起來只是獃獃的竟有前番的病樣一日王夫人因為惜春定要鉸髮出家尤氏不能攔阻看着惜春的樣子是若不依他必要自盡的雖然晝夜着人看守終非常事便告訴了賈政賈政嘆氣跺脚只說東府裡不知幹了什麼鬧到如此地位叫了賈蓉來說了一頓叫他去和他母親說認真勸解勸解若是必要這樣就不是我們家的姑娘了豈知尤氏不勸還好一勸了更要尋死說做了女孩兒終不能在家一輩子的若

像二姐姐一樣老爺太太們倒要操心況且死了如今譬如我死了是的放我出了家干干淨淨的一輩子就是疼我了況且我又不出門就是櫳翠菴原是偺們家的基趾我就在那裡修行我有什麼你們也照應得著現在妙玉的當家的在那裡你們依我呢我就算得了命了若不依我呢我也沒法只有死就完了我如若遂了自已的心願那時哥哥回来我和他說並不是你們逼着我的若說我死了未免哥哥回來倒說他們不容我尤氏本與惜春不合聽他的話也似乎有理只得去回王夫人王夫人已到寶釵那裡見寶玉神魂失所心下着忙便說襲人道你們忒不留神二爺犯了病也不來回我襲人道二爺的

病原來是常有的一時好一時不好天天到太太那裡仍舊請安去原是好好兒的今兒纔發糊塗些二奶奶正要求回太太恐怕太太說我們大驚小怪寶玉聽見王夫人說他們心裡一時明白怕他們受委屈便說道太太放心我沒什麽病只是心裡覺着有些悶悶的王夫人道你是有這病根子早說了好請大夫瞧瞧吃兩劑藥好了不好若再鬧到頭裡丟了玉的樣子那可就費了事了寶玉道太太不放心便叫個人瞧瞧我就吃藥王夫人便叫丫頭傳話出來請大夫這一個心思都在寶玉身上便將惜春的事忘了遲了一回大夫看了服藥王夫人回去過了幾天寶玉更糊塗了甚至於飯食不進大家着急起來

恰又忙着脫孝家中無人又叫了賈芸來照應大夫賈璉家下無人請了王仁來在外幫著料理那巧姐兒是日夜哭母也是病了所以榮府中又鬧的馬仰人番一日又當脫孝來家王夫人親身又看寶玉見寶玉人事不醒急的衆人手足無措一面哭著一面告訴賈政說大夫說了不肯下藥只好預備後事賈政嘆氣連連只得親自看視見其光景果然不好便又叫賈璉辦去賈璉不敢違拗只得叫人料理手頭又短正在為難只見一個人跑進來說二爺不好了又有饑荒來了賈璉不知何事這一唬非同小可瞪着眼說道什麽事那小廝道門上來了一個和尚手裡拿著二爺的這塊丟的玉說要一萬賞銀賈璉照

臉啐道我打量什麼事這樣慌張前番那假的你不知道麼就是真的現在人要死了要這玉做什麼小厮道奴才也說了那和尚說給他銀子就好了正說着外頭嚷進來說這和尚撒野各自跑進來了衆人攔他攔不住賈璉道那裡有這樣怪事你們還不快打出去呢又鬧着賈政聽見了也沒了主意了裡頭又哭出來說寶二爺不好了賈政益發着急只見那和尚說道要命拿銀子來賈政忽然想起頭裡寶玉的病是和尚治好的這會子和尚來或者有救星但是這玉倘或是真他要起銀子來怎麽樣呢想一想如今且不管他果真人好了再說賈政叫人去請那和尚已進來了也不施禮也不答話便往裡就跑賈

璉拉着道裡頭都是內眷你這野東西混跑什麼那和尚道遲了就不能救了賈璉急得一面走一面亂嚷道裡頭的人不要哭了和尚進來了王夫人等只顧着哭那裡理會賈璉走進來又嚷王夫人等回過頭來見一個長大的和尚唬了一跳躲避不及那和尚直走到寶玉炕前寶釵避過一邊襲人見王夫人站着不敢走開只見那和尚道施主們我是送玉來的說着把那塊玉擎着道快把銀子拿出來我好救他王夫人等驚惶無措也不擇真假便說道若是救活了人銀子是有的那和尚笑道拿來王夫人道你放心橫豎折變的出來和尚哈哈大笑手拿着玉在寶玉耳邊叫道寶玉寶玉你的寶玉回來了說了道

一句王夫人等見寶玉把眼一睜衆人說道好了只見寶玉便問道在那裡呢那和尚把玉遞給他手裡寶玉先前緊緊的攥着後來慢慢的回過手來放在自己眼前細細的一看說噯呀久違了裡外家人都喜歡的念佛連寶釵也顧不得有和尚了賈璉也走過來一看果見寶玉回過來了心裡一喜疾忙躲出去了那和尚也不言語赶來拉着賈璉就跑賈璉只得跟着到了前頭赶着告訴賈政賈政聽了喜歡卽找和尚施禮叩謝和尚還了禮坐下賈璉心下狐疑必是要了銀子纔走賈政細看那和尚又非前次見的便問寶刹何方法師大號這玉是那裡得的怎麽小兒一見便會活過來呢那和尚微微笑道我也不知道只要拏一萬銀子來就完了賈政見這和尚粗魯也不敢得罪便說有和尚道有便快拏來罷我要走了賈政道畧請少坐待我進內瞧瞧和尚道你去快出來纔好賈政果然進去也不及告訴便走到寶玉炕前寶玉見是父親來欲要爬起因身子虛弱起不來王夫人按着說道不要動寶玉笑着拏這玉給賈政瞧道寶玉來了賈政畧畧一看知道此玉有些根源也不細看便和王夫人道寶玉好過來了這賞銀怎麽樣王夫人道儘着我所有的折變了給他就是了寶玉道只怕這和尚不是要銀子的罷賈政點頭道我也看來古怪但是他口口聲聲的要銀子王夫人道老爺出去先款留着他再說賈政出來寶玉

便嚷餓了喝了一碗粥還說要飯婆子們果然取了飯來王夫人說不敢給他吃寶玉說不妨的我已經好了便爬着吃了一碗漸漸的神氣果然好過來了便要坐起來麝月上去輕輕的扶起因心裡喜歡忘了情說道眞是寶貝纔看見了一會兒就好了虧的當初沒有砸破寶玉聽了這話神色一變把玉一撂身子往後一仰未知死活下回分解

紅樓夢第一百十五回終